D0901010

Le cadeau

COMMUNICATION JEUNESSE
5307 boul. St-Laurent
Montréal H2T 1S5
Tél.: 273-8167
Fax: 271-6812

$^{1}/_{5}$

COLLECTION CONQUÊTES
directeur : Robert Soulières
Format poche

Daniel Laverdure

Le cadeau

roman

ÉDITIONS PIERRE TISSEYRE
8925, boulevard Saint-Laurent — Montréal, H2N 1M5

La publication de cet ouvrage a été rendue possible grâce aux subventions du Conseil des Arts du Canada et du ministère des Affaires culturelles du Québec

Dépôt légal: 1er trimestre 1993
Bibliothèque nationale du Canada
Bibliothèque nationale du Québec

Données de catalogage avant publication (Canada)

Laverdure, Daniel

Le cadeau

(Collection Conquêtes)

Pour les jeunes.

ISBN 2-89051-505-2

I. Titre. II. Collection

PS8573.A816P73   1993   jC843' .54 C93-096071-8
PS9573.A816P73   1993
PZ23.L38Pr   1993

Maquette de la couverture :
Le Groupe Flexidée

Illustration de la couverture et illustrations intérieures :
Daniel Laverdure

1234567890IML9876543
10692

À mes compagnons de vie:
Minou, Minoune et Annabelle

Préambule

Nous sommes en l'an 21 992 avant notre ère, dans une région sans nom et sans frontières. Bien que simple, la vie n'est pas toujours facile, mais au moins, les gens ne courent pas comme des débiles.

Surplombant une immense forêt au creux de la vallée, une grotte abrite un jeune couple fraîchement marié. Cueillir des fruits et contempler le ciel, ont été bien longtemps leurs principales préoccupations.

Maintenant finie la lune de miel, il faut vite revenir à la raison!

1

Aux frontières
du passé

Elle n'était peut-être pas la première femme, il n'était peut-être pas le premier homme, mais c'était leur premier fils et ils l'appelèrent: Garçon.

Emmitouflé dans une fourrure de mammouth, Garçon se fait bercer dans les bras poilus de son père, assis près du feu devant l'entrée de la grotte. À cette époque, l'arrivée d'un nouveau-né en bonne santé est aussi phénoménale qu'une motoneige à traction avant.

Pendant cette période de la préhistoire, les hivers gelaient plus froid que la mort, les mystères inquiétaient davantage que la plus terrible des peurs et, surtout, les dépanneurs fermaient de bonne heure.

La réalité de tous les jours était rude et sauvage; pour survivre, il fallait être très fort sinon, très rusé. Il y avait aussi une petite chance pour ceux qui couraient vite.

Pour un enfant, le monde entier est un univers d'intrigues inexpliquées, de secrets perdus, d'énigmes incompréhensibles et de cachotteries ridicules, mais quel fouillis, quel labyrinthe, lorsque les parents ne le connaissent pas non plus. C'est au milieu de ce contexte que Garçon grandit presque paisiblement.

Très tôt, cet enfant adorable fit preuve d'imagination et d'ingéniosité; il faut dire qu'il aimait beaucoup rêver. Un jour, il eut la surprenante idée d'inventer un livre. C'était assez exceptionnel pour un enfant d'à peine deux ans. Mais, comme personne ne savait lire, l'affaire n'a pas marché et il a dû renoncer.

Son père se dit souvent avec fierté:

— Lorsqu'il sera un homme, vers l'âge de douze ou treize ans, il deviendra un chef; il est de la race des dirigeants. Tout le monde pourra compter sur lui. Il sera brave, intègre et un excellent sportif.

Sa mère se dit intérieurement:

— Pourvu qu'il ne fasse pas comme son père, c'est tout ce que je lui souhaite.

Le jour de son dixième anniversaire, son paternel grimpe solennellement sur une grosse pierre au sommet d'un monticule, regarde son fils droit dans les yeux et lui dit:

— Toi - grand maintenant - Femme et moi - pris décision - pour avenir - à toi.

— Ah, papa! Je t'ai déjà dit de ne pas me parler comme si j'étais un être primitif, je t'en prie.

— Bon, d'accord. Je voulais créer de l'ambiance mais, puisque c'est comme ça, j'irai droit au but. Donc, aujourd'hui c'est ton anniversaire, alors, ta mère et moi avons longuement discuté et nous avons pris une importante décision.

— Tiens, c'est nouveau ça. Laquelle?

— Nous allons te donner un cadeau d'anniversaire. N'est-ce pas que tu es heureux mon fils?

— Oh que oui! Mais c'est quoi un cadeau?

— Ben, tu vois, j'ai pas très bien compris, je crois que c'est quelque chose qui te ferait beaucoup plaisir. De toute façon, ceux et celles qui lisent ce livre savent très bien de quoi je parle.

— Ah? Et que dois-je faire pour avoir un cadeau d'anniversaire?

— Premièrement, il faut que ce soit ton anniversaire, et ça, c'est déjà fait. Deuxièmement, tu dois nous faire une liste des choses qui te feraient plaisir, mais sois raisonnable, tu sais que l'argent n'est pas encore inventé.

— C'est une drôle d'idée, mais je veux bien essayer. Donne-moi une heure pour y penser.

Ainsi, accoudé sur un vieil arbre tombé au-dessus du ruisseau, Garçon réfléchit intensément. Qu'est-ce qui peut bien faire plaisir à un enfant longtemps avant l'existence de la société de consommation?

2

**Une heure
plus tard**

Une heure plus tard, très exactement, Garçon vient voir ses parents. Sur un ton grave et d'un air très sérieux, il déclare:

— Vous ne pouvez pas me donner le cadeau d'anniversaire que j'ai choisi, mais l'intention était bonne, je vous remercie.

— OUF! dit son père, qui voit là une occasion de réaliser une économie.

— Garçon, dis ce que tu as choisi, peut-être qu'on trouvera ensemble le moyen de te le procurer, demande sa mère.

— La seule chose qui me ferait vraiment plaisir, c'est d'avoir un animal domestique à moi.

— Mais tu as ta jeune sœur dit le père.

La mère de Garçon flanque un bon coup de coude dans la bedaine de son mari, puis reprend son regard tendre et maternel.

— Tu devrais aller voir ton oncle, l'artiste, voilà des années qu'il peint des tas d'animaux sur les murs et les plafonds. En ce moment, il travaille dans la grande grotte grise.

— Tu crois maman, qu'il connaît le secret pour domestiquer les animaux?

— Je n'en ai aucune idée.

Garçon se dirige vers la grotte en question. Il n'y va pas avec trop d'enthousiasme, car cet oncle a la réputation d'être plutôt bizarre. Il s'enferme dans les profondeurs de grottes inaccessibles et il peint sans relâche des buffles, des zèbres, des antilopes, des mammouths et beaucoup d'autres bibittes. Ses dessins sont tout croches, il les colore avec de la boue, c'est dégueulasse, mais il est convaincu qu'un jour des gens viendront de partout pour voir ses gribouillis.

La grande grotte grise possède une entrée très étroite, ce qui contraste avec les dimensions gigantesques de l'intérieur.

Quelques feux éclairent ici et là les parois et les plafonds de cette cathédrale rupestre. L'incrédule visiteur finit malgré tout par être impressionné à la vue d'autant d'animaux courant partout où le relief de la caverne le permet.

Garçon imagine une soirée spéciale où tous les habitants de la région seraient invités. Il y aurait des petits fours et de la cervoise, les gens s'arrêteraient devant les images en marmonnant leurs appréciations la bouche pleine.

— Tiens! C'est toi Garçon! Passe-moi le récipient à ta gauche... non, celui avec les vers de terre, j'ai besoin de rouge. Tu viens pour admirer l'œuvre du maître où tu t'es trompé de porte en allant aux toilettes?

— Euh? Non, aujourd'hui c'est mon anniversaire...

— Mon cher Garçon, c'est à ton tour, de te laisser, parler, d'amour... Mais qu'est-ce que je chante là moi?

— Ouais. Euh, j'aimerais savoir comment on fait pour domestiquer un animal.

— Oh! la bonne question! Tu as trouvé l'homme qu'il te faut pour te fournir les informations essentielles afin de réaliser ton projet. Mais avant, j'aimerais bien savoir pourquoi tu t'intéresses à la domestication animale?

— D'abord parce que j'aime les défis, ensuite, je veux être le premier à le faire et enfin, les moments où je suis le plus malheureux c'est quand je me sens seul. Alors peut-être qu'avec un...

— Chose certaine, lui au moins, il ne va pas t'interrompre quand tu lui parles. De toute façon, tu peux compter sur moi, je vais tout t'expliquer.

L'artiste, monté sur un échafaudage de bambous, continue son œuvre tout en donnant les explications utiles au plan projeté.

— Tu commences par t'installer au sommet d'une colline ou d'un arbre. De là, tu verras le spectacle de la vie.

Ensuite, tu repères un animal et tu l'observes aussi longtemps qu'il te sera possible. Attention de ne pas être vu, surtout à l'heure des repas.

Puis, enfin, tu reviens à la grotte, tu choisis un joli petit coin tranquille, et tu dessines le sujet avec le maximum de détails que ta mémoire te fournira.

Voilà comment domestiquer un animal. Va mon petit et bon anniversaire!

Garçon revient à la grotte familiale un peu déçu. Ce n'est pas tout à fait ce qu'il espérait découvrir sur la question.

— Si j'avais su que c'était si compliqué cette histoire de cadeau, je crois que j'aurais remis mon anniversaire à l'année prochaine.

— Qu'est-ce qu'il y a Garçon, ton oncle n'a pas pu résoudre ton problème?

— Chère maman, ton frère est bon à être enfermé dans sa grotte.

— Ne sois pas si sévère. Il y a peut-être une autre possibilité. Va donc consulter le vieux sage sur la falaise, il a tellement vécu qu'il sait des choses qu'il est le seul à comprendre. Toutefois, tu te dois d'être vigilant, car peu d'entre nous réussissent à saisir la portée réelle de ses propos.

— Tu crois maman, qu'il connaît le secret pour domestiquer les animaux?

— Je n'en ai aucune idée.

Le pauvre Garçon semble peu emballé, il n'a jamais rencontré ce vieux sage et les rumeurs à son sujet en décourageraient plus d'un. Il paraît qu'il est si laid que c'est pour cette raison qu'on l'a assis en haut de la falaise. Il a les yeux vitreux, des cheveux comme de la broche. Sa peau est si transparente, on peut voir les veines et il est tellement maigre, qu'on ose plus le toucher pour ne pas le briser. Il doit avoir au moins 40 ans. Et on dit qu'il parle aux esprits, qu'il commande aux éléments naturels et qu'il ferait des mots croisés.

La falaise est si haute que Garçon en a au moins pour des heures de marche. Et, si le vieillard avait déménagé, Garçon ferait tout ce chemin pour rien! Il serait plus prudent de s'informer avant de commencer à grimper. Voilà justement, tout à fait par hasard, un kiosque d'information.

— Excusez-moi, mademoiselle, je cherche le vieux sage du village: est-il toujours sur la montagne?

— Est-ce que vous avez un numéro?

— Quoi? Quel numéro?

— Vous devez prendre un numéro, monsieur, il faut de l'ordre et de l'organisation sinon, c'est l'anarchie.

— Mais, il n'y a personne d'autre que moi ici. À quoi pourrait servir un numéro?

— Je sais. Vous êtes même le premier à venir me voir depuis deux mois, mais le règlement l'exige, vous devez prendre un numéro.

Obéissant, Garçon se soumet, prend son numéro et s'assit dans la salle d'attente. Il a le 67.

— Le numéro 12, s'il vous plaît!

— Comment si ça me plaît? Mais non, justement! vous n'allez quand même pas énumérer tous les chiffres de 12 à 67. Je n'ai pas que ça à faire moi!

— Bon, ça va. Je vais faire une exception pour vous, mais ne le dites à personne, ça ferait des jaloux... Alors le numéro 67 s'il vous plaît!

— C'est moi!

— Bonjour monsieur, qu'est-ce que je peux faire pour vous?

— Alors, il est où le vieux machin?

— Si vous parlez du vieux sage, je dois vous dire que je ne l'ai pas vu depuis plus de onze ans. Peut-être est-il toujours là-haut, mais peut-être n'y est-il plus.

— Tout un service d'information que vous avez là!

— Toutefois, soyez très attentif, peu de gens réussissent à suivre son discours, à interpréter ses paroles.

— Oui, je sais.

Garçon entreprend la montée, le moral bien bas. Il se dit que, même s'il trouve le vieil homme, celui-ci peut très bien refuser de lui parler. D'ailleurs, comment être certain qu'il connaît la réponse. Notre jeune héros commence à désespérer. Il pourrait ne jamais voir son vœu d'anniversaire se réaliser.

Enfin arrivé au sommet, Garçon reprend son souffle. Appuyé sur un eucalyptus, il aperçoit une silhouette bizarre au bout de la falaise. Il ferme à demi ses paupières pour mieux observer; mais oui, c'est bien lui cette tache assise sur une pierre. Le voilà enfin, ce vieux sage.

— Euh... Salut monsieur le vieux! Excusez-moi d'avoir une question à vous poser, mais comment on fait si on veut domestiquer un animal?

Le vieillard tressaille et se met aussitôt à gesticuler avec vigueur:

— Yé phuin, yé phoi, ye beux m'en nhaller!

Traduction: *«J'ai faim, j'ai soif, je veux m'en aller!»*

— S'il vous plaît, parlez plus lentement, je ne comprends pas.

— Phuis hécueyé, fa phait dves vannées ph'on m'phoze dves pfesfions fidviotes. Phomment bvoulez-phfo ye phonnaife lves lépfonfes, ye fuis phlanté ifi vours et nits?

Traduction: *«J'suis écœuré, ça fait des années qu'on me pose des questions idiotes. Comment voulez-vous que je connaisse les réponses, je suis planté ici jour et nuit?»*

— Je suis désolé, mais vous êtes trop sage pour moi. Bonne journée quand même!

Plus le temps avance, plus Garçon a l'impression de reculer. Il retourne chez lui.

— Qu'est-ce qu'il y a mon fils? demande sa mère. Tu n'as pas pu saisir les paroles du vieux sage n'est-ce pas?

— Maman, je crois que la sagesse serait plus compréhensible si elle avait des dents.

crocodiles et des queues de rats. Une splendeur!

Garçon s'étend nerveusement pendant que le sorcier finit sa tasse de breuvage sédatif. Puis, il s'installe près de lui, un carnet à la main.

— Bon, maintenant, raconte-moi tout depuis le début. De quoi es-tu né?

Complètement traumatisé, les yeux plus grands que la bouche pourtant béante, Garçon essaie de prononcer un son audible.

— Ah! J'ai tout compris! Tu es muet! Tu es frustré de ne pouvoir communiquer avec tes semblables, tu te sens incompris et oublié et tu as perdu le goût de vivre. Justement, j'ai toujours voulu aider les jeunes adolescents qui songeaient au suicide. Je possède des tas de trucs intéressants pour accélérer la mort, pour mettre fin à la vie, bref: pour te péter la fiole. J'aime beaucoup les jeunes, d'ailleurs j'en garde toujours quelques-uns dans mon congélateur.

— WOOOOOHHHH! Je crois que vous vous égarez. Moi, tout ce que je veux, c'est savoir comment on peut domestiquer un animal.

— Vraiment? Tu en es certain? En tout cas, tu n'es plus muet, je t'ai au moins guéri de ça.

L'espèce de machin humain va examiner une série de récipients d'argile difformes. À l'occasion, il y met le nez dedans pour s'assurer de son contenu. Tout à coup, il se gratte la tête et le menton à la fois et regarde discrètement l'enfant.

— Je crois bien que jamais personne n'a domestiqué un animal.

— Je sais, justement, mais ce n'est pas une raison pour y renoncer.

— T'as raison. Je crois même que tu as raison.

— Des tas d'animaux vivent avec vous, sorcier, comment avez-vous fait pour gagner leur confiance?

— Tu ne le sais pas?... ben, moi non plus. Je n'ai rien fait pour ça, je crois qu'ils sont attirés par l'odeur. As-tu remarqué une curieuse senteur assez particulière ici?

— Oui, j'ai cru noter ce détail. Mais, il n'y aurait pas un autre moyen, je ne suis pas convaincu que ma mère apprécierait ce nouvel aménagement olfactif à la maison?

Le sorcier se met à faire une drôle de gymnastique faciale afin d'aider sa réflexion; malgré toute une série de grimaces, il lui vient une théorie.

— As-tu pensé à les hypnotiser?

— À quoi?

— Oui, c'est facile, tous les politiciens le font. Il suffit de leur raconter un baratin, très lentement, tout doucement, tu les endors en les sécurisant jusqu'à ce qu'ils soient immobiles et soumis. Et VLAN! Par derrière, tu les attrapes et tu les bouffes.

— Mais je ne veux pas les manger, je veux qu'ils m'aiment.

— En définitive, je crois que se serait beaucoup plus simple de te suicider.

Garçon se demande de quelle sorte de société sera fait l'avenir avec ce genre d'hurluberlu.

De retour à la maison:

— Alors Garçon, est-ce que le sorcier a réussi à trouver la solution de l'énigme?

— Maman, non seulement ce sorcier ne trouvera jamais le remède au cancer, mais je crois que c'est lui qui l'a inventé.

○

Toujours accoudé sur son arbre, Garçon n'a pas encore abandonné. Il doit bien y avoir un moyen pour apprivoiser une bestiole. Pendant ce temps, la jeune sœur de Garçon rapporte des champignons de la forêt; elle se nomme Fille; on ne manque vraiment pas d'originalité dans cette famille.

— Qu'est-ce que tu fais Garçon? Tu réfléchis? Ça va être long? Tu te souviens de la dernière fois?

— Oui, je sais. Mais, l'espèce humaine n'en est qu'à ses premiers balbutiements dans le domaine de la réflexion, il ne faut pas trop en demander.

— Quel est le problème? Tu veux voler comme un oiseau, ou traverser les océans ou fabriquer un four à micro-ondes?

— Non, non, je voudrais faire quelque chose de vraiment utile. J'aimerais avoir le pouvoir de domestiquer les animaux.

— Ah, c'est pas bête comme idée!

— J'ai consulté tous les spécialistes en la matière de la région, mais aucun n'a su me révéler ce mystère.

— Ça ne devrait pourtant pas être bien sorcier.

— Oui, je sais, ne m'en parle pas.

— Moi, je commencerais par lui donner un nom et le lui répéter jusqu'à ce qu'il sache que je suis la personne la plus gentille du monde entier et des environs.

Garçon regarde sa sœur descendre le sentier avec ses champignons, et se dit que ce petit bout de génie ne se doute pas de la portée de sa réponse étonnante. En tout cas, ça vaut la peine d'essayer.

4

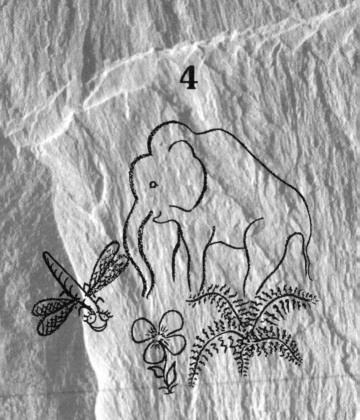

Belle et Bill

Dans la forêt, des centaines de représentants d'espèces animales se promènent dans toutes les directions. Comment choisir celle ou celui qui bénéficiera de l'attention amicale de notre intrépide héros. En toute modestie, Garçon croit qu'il est préférable de prendre une petite bête pour commencer.

Plus c'est petit, plus ça devrait être facile à convaincre. Ça peut toujours servir d'avoir un ami grand et fort. Futé comme il est, Garçon croit également qu'il y aura moins de risque si jamais l'élu refusait la domestication de manière radicale et agressive. Les petites bibites ne mangent pas les grosses bibites (Ancien proverbe australopithèque).

C'est alors qu'il est charmé par les couleurs d'une libellule qui passe à toute allure devant lui. La grande vivacité des teintes multicolores, d'apparence métallique, change au gré des mouvements, comme certains collants que l'on trouve dans les boîtes de céréales.

— Tiens! Ça devrait faire l'affaire, se dit-il.

Elle est si jolie qu'il décide de l'appeler Belle. Il tente de s'approcher d'elle pour lui parler et lui faire comprendre ses bonnes intentions.

— Salut Belle! ... Eh! Attends! Va pas si vite! ... Est-ce que vous habitez chez vos parents? ... Tu peux pas t'arrêter une minute? ... Est-ce que t'as déjà vécu dans une grotte? ... Sois pas si pressée!

Complètement épuisé, Garçon s'assoit un instant sur une souche de séquoia. Pas facile de courir dans la forêt, pieds nus, les yeux rivés sur un insecte volant à pleine vitesse. Faudrait penser à mettre des sentiers en pavés-unis dans cette jungle.

Comme un éclair, Belle repasse devant lui. Il a juste le temps de lever son index pour demander la parole.

— Je voudrais seulement être ton ami! Tu pourrais au moins m'écouter! On dirait que tu ne comprends pas ce que je te dis.

La libellule, trop affairée à éviter les arbres, ne porte pas attention à Garçon, elle est déjà loin. L'enfant de la préhistoire se rend compte qu'il aura besoin de beaucoup de patience et d'un bon stratagème pour venir à bout de son projet.

Ainsi, après de longues et interminables heures d'observations, il remarque que Belle s'arrête régulièrement sur les fleurs; ce comportement lui donne une idée. Si on ne peut pas courir derrière l'insecte, amenons l'insecte à venir jusqu'ici. Garçon installe alors un magnifique bouquet de fleurs gigantesques au pied d'un chêne sur lequel il attache cet écriteau:

FLEURS POUR LIBELLULE.
C'EST GRATUIT!

«C'est une idée super», se dit-il.

Évidemment, il sait que l'écriture n'est pas encore inventée, mais les libellules ne le savent pas. Il se cache dans les broussailles, non loin de là, et attend.

Soudain, un drôle de bruit se fait entendre, comme un long bourdonnement de tondeuse à gazon électrique. Apparaît alors, une nuée de libellules angoras à dentiers, une espèce heureusement en voie d'extinction. Arrivant à vitesse maximum, elles s'arrêtent sur le bouquet, une vingtaine de secondes à peine et disparaissent tout aussi rapidement, laissant derrière elles un amas de fleurs écrasées.

Bouche bée, Garçon n'en croit pas ses yeux. Il pense au succès qu'il aurait en ouvrant une cantine dans les environs.

Il commence à se demander si la libellule est un animal qui peut être apprivoisé. Il devrait peut-être aller du côté d'une bête plus grosse et plus intelligente. Une tête si petite ne doit pas avoir de grandes pensées. La conversation a peu de chances d'être très élaborée.

Notre courageux aventurier continue sa quête un peu plus loin dans la forêt. Lorsqu'il s'installe dans un coin sans bouger et que les animaux finissent par s'habituer à lui, il se rend compte de la quantité et de la variété de tous ces habitants. Partout des dizaines d'oiseaux, de batraciens, de reptiles, de mammifères de toutes sortes, et aussi quelques extra-terrestres, mais ça, ce n'était pas prévu dans cette histoire.

Garçon se sent surveillé tout à coup, comme si quelqu'un ou quelque chose l'épiait dans son dos. Il se retourne, les yeux d'abord et la tête ensuite, et il aperçoit alors un joli bébé mammouth caché derrière une fougère tropicale et trop petite pour le camoufler entièrement. Très observateur, il a tout de suite remarqué qu'un mammouth, même bébé, c'est plus gros qu'une libellule. Voilà une bonne occasion, il ne faut pas se tromper.

— Reste là petit! Attends, ne bouge pas. Il faut que je t'appelle... Bill. Tu vas être très gentil, Bill, et on va devenir de bons amis.

Curieusement, l'animal a l'air attendri, ou du moins attentif aux paroles de l'enfant. La tête légèrement sur le côté, il regarde le jeune homme et continue d'écouter.

— Eh... Maintenant... qu'est-ce qu'on fait ? Je ne suis pas habitué, c'est la première fois que j'ai un ami.

Garçon essaie d'engager la conversation avec Bill, mais celui-ci, bien que très patient, ne comprend rien au langage humain. Finalement, il invite son nouvel ami à l'accompagner jusque chez lui, mais le pauvre mammouth reste sur place et semble fatigué d'entendre tout ce bavardage.

Une idée jaillit. La nourriture est un attrait qui a fait ses preuves, il faut tenter d'attirer l'animal vers la grotte avec ses friandises préférées. Tout le monde sait que les mammouths sont végétariens, donc

Garçon s'empresse de préparer une bonne quantité de pizzas sans peperoni.

Toutefois, bien que notre jeune ami ne manque pas de courage, trente-huit pizzas plus tard, le pachyderme n'a pas franchi cent pas. Garçon doit se rendre à l'évidence, ça risque d'être plutôt essoufflant de satisfaire l'appétit d'un ami comme Bill.

Déçu, il s'approche tout doucement de la grosse bête, et caresse la trompe poilue de son copain quadrupède. C'est peut-être le premier et dernier contact de cette courte amitié.

— Tu as l'air très gentil, je suis convaincu qu'on aurait pu devenir de bons copains. Cependant, j'ai bien peur que certaines contraintes gastronomiques viennent entraver mes projets d'avenir avec toi.

L'enfant regarde Bill dans les yeux un bon moment. Il ne constate aucune réaction particulière de la part de son interlocuteur. Il prend une grande respiration, pousse un long soupir...

— Décidément, je vois très clairement, que tu ne comprends absolument rien de ce que je te raconte. Bof! T'as pas manqué grand-chose.

5

Bulle et Boule

Tout en réfléchissant sur son arbre au-dessus du ruisseau, Garçon observe distraitement les poissons qui nagent dans l'indifférence de leur bonheur. Il lui vient alors l'envie d'essayer de domestiquer une de ces barbotes. Toutefois, il sait bien qu'un poisson hors de l'eau, c'est comme un enfant en punition à genoux dans le coin: il sèche.

En déplaçant des pierres et en creusant pour dévier une partie du cours d'eau, Garçon crée une sorte de petit bassin assez grand pour y recueillir une barbote ou deux.

Maintenant, c'est tout simple, il s'agit de mettre une barbote dans le bassin. Mais voilà, comment convaincre un poisson de sauter dans un lieu aussi restreint, où il n'a rien à faire.

Les deux pieds campés au milieu du ruisseau, les mains ouvertes juste au-dessus de l'eau, Garçon ne bouge plus, tel un héron attendant sa proie. C'est curieux, plus tôt l'endroit grouillait de poissons, et maintenant, à peine deux ou trois ridicules têtards s'emploient à faire quelques longueurs en se dandinant. La journée va être longue.

Toutefois, Garçon se montre persévérant et, au bout de trois heures et demie, une magnifique barbote se faufile aux alentours. Elle n'est pas si magnifique, mais après trois heures et demie, n'importe quel crapet ferait envie.

Pendant vingt minutes, on entend un tapage épouvantable, des cris noyés dans les clapotis, toute la forêt est éclaboussée, pour finalement retrouver l'apprenti-pêcheur, bredouille... étendu de tout son long dans son petit bassin.

Garçon croit comprendre, par cet exercice, qu'il ferait peut-être mieux d'y renoncer. Il se fait sécher sur son arbre en regardant cette ribambelle de barbotes maintenant revenues au même endroit. Il semble reconnaître celle qui l'a si bien déjoué.

— Ce n'est pas grave tu sais. Et ça ne m'empêchera pas de t'appeler Bulle, même si ça ne sert à rien.

Le problème c'est que, pour apprivoiser quelque chose, il faut beaucoup de temps. Il faut d'abord faire connaître le langage, et ensuite, faire comprendre le message. Existe-t-il un animal suffisamment patient et curieux pour rester planté devant une espèce étrangère, ou une étrange espèce, ou une espèce d'étranger, pendant qu'il ou qu'elle lui cause?

Une autre idée saugrenue germe dans l'esprit de Garçon. Si l'on trouvait le moyen de capturer l'animal convoité: ne pouvant plus fuir, l'heureux spécimen n'aurait plus qu'à attendre de devenir un animal familier.

À l'aide de quelques bouts de branches, Garçon fabrique, avec habileté, une sorte de boîte à travers laquelle on peut voir qu'il n'y a rien dedans. Il décide de l'appeler «cage», mais il ne sait plus très bien pourquoi.

Subitement, il aperçoit au loin, des écureuils préhistoriques qui grimpent en spirale sur un gros arbre au milieu de la forêt. Les écureuils préhistoriques ressemblent en tous points aux écureuils actuels, sauf qu'ils n'ont jamais vu de parcs ni les gens qui lancent des arachides partout.

Au pied de l'arbre, le piège est soigneusement disposé, de façon à ne pas éveiller les soupçons. Quelques noisettes sont placées à l'intérieur, bien au fond.

Le temps passe et les écureuils aussi, mais ni l'un ni l'autre n'entre dans la cage. Ça semblait pourtant être une bonne idée.

Soudain, une petite tête apparaît derrière l'arbre. Le petit rongeur a finalement décidé de céder à sa curiosité. Il avance très lentement, comme si ses mouvements étaient mécaniques et si la pile était sur le point de flancher. Il tourne autour de l'objet inconnu et trouve l'entrée. Il est méfiant, mais pas assez. CLAP! La porte se referme. Hourra! la victime est prisonnière.

Garçon, surexcité, ramène fièrement sa capture chez lui. C'est un véritable triomphe, sauf que personne ne porte attention à son exploit, jugeant le tout plutôt insignifiant. Mais Garçon sait bien que ce qui va se passer maintenant restera gravé dans la mémoire de l'histoire de l'humanité tout entière.

— Bon, par quoi commencer. Ah oui! Toi, tu t'appelles eh... ben c'est vrai ça, quel nom je vais te donner? Boule! C'est parfait. Tu t'appelles Boule. Maintenant, je vais te montrer des objets, je vais ensuite te les nommer et toi tu vas les assimiler.

Un peu candide, le Garçon! Il s'emploie à faire la démonstration de tout ce qui l'entoure en espérant que la petite bête saisisse la moindre subtilité. Malgré son enthousiasme, quelques jours plus tard, Garçon s'aperçoit bien qu'il n'arrive même pas à faire manger son invité, qui préfère se laisser mourir au lieu d'accepter de vivre en captivité. Le pauvre animal reste couché en rond dans un coin, sans bouger.

Garçon le regarde très longtemps, sans dire aucun mot. Puis ses yeux s'inondent de chagrin.

La cage est remise au pied du même arbre, la porte toute grande ouverte. C'est pas aujourd'hui qu'on va ouvrir un zoo dans les environs.

Le petit museau de Boule s'élève doucement. L'atmosphère familière de la forêt l'exalte et le ranime. Il ne met pas longtemps à voir la sortie et à en profiter.

— Te voilà vraiment chez toi, Boule, j'aurais dû comprendre plus tôt, c'est-à-dire, bien avant la fabrication de cette foutue cage.

Curieusement, Garçon ne semble pas découragé; au contraire, une sorte de satisfaction se dégage de l'éclat de son regard humidifié. Il est content de lui. Cette expérience va sûrement lui servir un jour.

Toutefois, des questions fondamentales émergent en lui:

- ❑ Est-il nécessaire de faire autant d'efforts pour avoir un ami animal, un «aminal»?
- ❑ Ai-je le droit de le faire?
- ❑ Est-il possible de le faire?
- ❑ Qu'est-ce qu'il y a à manger pour souper?

Toutes ces interrogations n'ont pas de véritables réponses, mais:

- ❑ Est-ce de véritables interrogations?
- ❑ Est-ce qu'elle va durer encore longtemps cette histoire?

6

Bébelle

Près de deux mois se sont écoulés depuis l'anniversaire de Garçon et toujours pas de cadeau. Le moins qu'on puisse dire, c'est qu'il ne manque pas de persévérance pour continuer de poursuivre ainsi ses recherches. Il faut avouer que, depuis le temps, il a pris goût à la forêt; c'est agréable de se promener au milieu de ce décor vivant.

Tous les jours, il fait de nouvelles découvertes. Il aperçoit des animaux dont il ne connaissait même pas l'existence. Il observe des attitudes et des agissements dont il ne sait pas la signification et il voit un voisin dont il ignore le numéro de téléphone. Il comprend que, à dix ans, on n'en connaît pas beaucoup de la vie qui nous entoure.

— Papa, dis-moi pourquoi certains animaux mangent de l'herbe et d'autres mangent des animaux qui mangent de l'herbe?

— Eh... Peut-être parce qu'il n'y a pas assez d'herbe pour tout le monde.

— Vraiment! T'en es sûr papa?

— Non, pas du tout. Demande à ta mère.

— Maman, veux-tu lire plus haut la question que j'ai posée à papa?

— Oui, attends... euh... Tu sais, tous les goûts sont dans la nature, et les goûts, ça ne se discute pas. Voilà!

Fille qui passait par là avec un autre panier de champignons, fait cette remarque tout en continuant sa route:

— De toute façon, c'est une bonne chose. S'il n'y avait pas de carnivores, probable qu'il ne resterait plus assez d'herbes pour les herbivores et les uns comme les autres finiraient par être exterminés.

Papa, maman et Garçon se regardent en laissant tomber béatement leur mâchoire. Ils ne sont pas convaincus d'avoir tout compris, mais ça semble tellement logique.

○

Au cours d'une de ses randonnées en forêt, Garçon aperçoit un nid tombé d'un arbre avec un œuf oublié à l'intérieur. L'œuf a l'air d'être en bon état. Il le prend soigneusement et l'apporte chez lui.

De la chaleur et de l'affection, c'est tout ce qu'il faut à un œuf pour éclore. Pour la chaleur, y a pas vraiment de problème, mais comment donner de l'affection à un coco? Garçon décide de passer la journée couché devant son protégé à le caresser avec un ou deux doigts en lui racontant les légendes de ses lointains ancêtres, autrement dit de ses parents.

— Il y a de cela très, très longtemps, je crois que c'est l'année dernière, un homme appelé Papa, parcourut des centaines et des centaines de milliers de millions de distances parce qu'il voulait voir d'où le soleil pouvait bien se lever tous les matins.

Il a traversé la vallée jusqu'au fleuve, assis sur un tronc d'arbre en bois, il a risqué sa vie en bravant les rapides, il s'est difficilement frayé un chemin dans la jungle où un péril l'attendait à chaque pas, il a fait du pouce pendant de longues heures sans succès, il a franchi les plus hautes montagnes et, arrivé au plus pointu des sommets... il s'est assis un petit moment pour se reposer.

Lorsque Papa vit le panorama qui s'étendait devant lui, il fut très ému. D'abord parce que c'était bien beau, mais surtout parce qu'il vit qu'il y avait encore beaucoup plus de vallées, de fleuves et de jungles à traverser. Plus qu'il n'en avait jamais visité, ni même imaginé; sans compter d'autres montagnes au loin encore plus élevées que celle sur laquelle il était assis.

— Ce n'est pas vraiment la porte d'à côté, dit-il, les yeux imprégnés de désespoir.

À son retour, Papa dit à Maman que le soleil ne voulait pas être dérangé et il se remit rapidement à son travail.

Peut-être à cause de l'exceptionnelle beauté de cette histoire, l'œuf se met à bouger, puis à craquer. Des petits cris à l'intérieur réclament le droit à la vie. Aux yeux de Garçon, le temps nécessaire à l'éclosion est précisément interminable. D'abord, un petit trou, puis, quelques éclats d'écailles tombent. Un long moment de repos pour reprendre son souffle et enfin, l'œuf se sépare en deux. Une sorte de début d'oiseau, épuisé, se déplie. Des plumes sombres et humides essaient d'habiller son corps violacé.

Ses yeux boursouflés restent fermés, le cou, trop mince, rattache la tête chancelante à un ventre obèse et tendu. Ses ailes restées repliées donnent l'impression qu'il préfère garder ses mains dans les poches de son veston. Garçon croit qu'il est sorti trop tôt, le travail n'est pas fini.

Soudain, péniblement, le petit être ouvre un œil et jette un premier regard affectueux sur Garçon émerveillé.

— Oh!... Tu es l'animal le plus adorable de tout l'univers.

Depuis ce jour, on prétend que l'amour rend aveugle.

— Pour l'ensemble de ton allure, je te baptise: Bébelle.

À partir de cet instant, l'existence de Garçon change radicalement. Avoir une vie entre les mains, c'est la plus grande des responsabilités. Il faudra être très vigilant, compétent, prudent, patient, bref: parent. Même si Garçon ne sait pas encore comment, il fera de son mieux.

Tous les jours, Garçon passe de longues heures à l'observer, à l'étudier et à admirer sa croissance rapide. Il est étonné de constater à tout moment, les changements importants dans son développement. Un jour, par exemple, il a mangé, puis il s'est endormi; alors que le lendemain, il a dormi avant de manger. Comme c'est à la fois beau et extraordinaire, l'évolution.

Mais, petit à petit, le jeune protégé dort de moins en moins souvent et mange de plus en plus goulûment. Ça devient exigeant un oiseau quand ça veut grandir. Le parent adoptif n'arrête pas de chercher la pitance demandée, voire exigée. Les cris de l'affamé se font incessants et insistants.

Bientôt, sa voix mue, devient plus grave, c'est probablement sa puberté. Emplumé de noir et des pit-pit qui se transforment en croa-croa, Garçon constate que Bébelle se métamorphose en un magnifique corbeau. Le plus beau de tous les «corps-beaux», évidemment.

Comme on s'y attendait, Bébelle est très attaché à Garçon et réciproquement. L'oiseau suit l'enfant partout où il va, il dort avec lui sur sa paillasse, il mange la même chose que lui et, s'ils le pouvaient, ils regarderaient sans doute les mêmes émissions de télévision.

Le bonheur semble s'être définitivement installé au cœur de cette merveilleuse amitié, jusqu'au jour où, Bébelle jette un œil sur d'autres oiseaux plus âgés et plus libres. Il constate que ses congénères volent, mais pas lui. Suivent alors des songes perplexes de la vie, qui l'amènent à grimper sur un léger monticule; il tente quelques mouvements typiques de son espèce. Surpris et inquiet, Garçon sent venir le temps de se poser une sérieuse question:

— Est-ce déjà la fin de ce chapitre?

7

**Ce n'était pas
prévu, ça!**

Dans un moment de panique, Garçon refuse de voir la réalité, il ne veut pas que son ami puisse voler et ainsi le quitter à jamais. C'est pitoyable à voir. Il pense à construire une cage et lui couper toute liberté. Il imagine même de lui enlever des plumes aux ailes et de le priver de dessert.

Comme c'est terrible, il pourrait perdre le seul ami qu'il ait jamais eu!

— Quelle idée stupide de vouloir domestiquer un animal, j'aurais mieux fait de demander un jeu Nintendo pour mon anniversaire.

Le moral de Garçon est à son plus bas et, plus l'entraînement avance, plus il se rend compte à quel point c'est important pour un oiseau de voler de ses propres ailes. L'apprivoiseur se résigne à être le témoin impuissant en face de l'accomplissement du destin de son ami. À sa place, il en ferait probablement tout autant.

Quoi qu'il en pense, le corbeau ne lui appartient pas. Tôt ou tard, la nature doit suivre son cours; surtout si c'est un cours intensif.

Il fait très beau ce matin. Le ciel, bleu azur, sans nuages, se prépare à accueillir un novice de l'aéronautique, un disciple de la gent ailée, un nouvel habitant du firmament, un jeune pourfendeur de courants d'air, un oiseau quoi!

Ce qui n'était encore pour Garçon qu'un petit être fragile et sans défense, s'élance dans l'impalpable espace aérien à la conquête de son autonomie de corbeau. Bébelle fait d'abord quelques zigzags maladroits, puis une spirale ou deux au-dessus du malheureux compagnon et s'envole lentement vers la vallée, la forêt et la montagne.

Garçon le regarde s'éloigner, Bébelle glisse dans le ciel avec une telle adresse qu'il en est la jeune auditrice se prend rapidement d'affection pour Garçon. C'est une sorte de coup de foudre très rapide, car il faut faire vite à une époque où l'espérance de vie ne dépasse guère les 25 ans.

Depuis cette nuit blanche, les jours sont moins sombres pour notre rossignol des cavernes ou notre chauve-souris chantante. Régulièrement, il reçoit la visite de la belle inconnue. Lucie lui apporte des cadeaux: du sucre à la crème, des dominos, une cravate... il est très touché et la trouve vraiment ravissante avec ce petit bout de tibia qui lui traverse les narines. Il essaie de lui parler, mais, évidemment elle ne saisit pas un traître mot et il ne peut que lui sourire timidement.

Un jour, Garçon la voit discuter de façon très réservée avec le chef, qui lui fait un non définitif. Elle va donc alors discuter de façon très catégorique avec sa mère, qui l'envoie voir son père avec qui elle discute de façon très agressive; elle commence à avoir son voyage de toutes ces négociations. Finalement, le père va rencontrer le chef cuistot pendant un long moment, mais sans façon.

Lorsque Garçon revoit enfin la jeune négociatrice, elle crie de joie et saute d'allégresse. Lucie se dirige en courant vers la cellule du pauvre prisonnier, ouvre la porte et attache Garçon à une laisse.

cannibales installent en quelques minutes, tout un matériel hautement sophistiqué autour de Garçon qui assiste décontenancé à ce soudain spectacle.

En termes très techniques, ça ressemble à une sorte de gros entonnoir. Les aliments s'y glissent avec une facilité à en couper l'appétit. Tous les jours, pendant quatre heures, il doit goûter à ce traitement imposé; Garçon voudrait changer de traiteur.

Un soir, croyant avoir tout essayé, déprimé, affalé dans un coin, il entonne une chanson langoureuse. Une sorte de complainte qui rappelle le hurlement du loup titubant dans la plaine, en octobre après la pluie, cherchant sa compagne qui est partie avec son meilleur ami.

La voix de Garçon perce le brouillard, se faufile à travers les huttes et enveloppe le village tout entier. Même la forêt se laisse envahir par la triste musique de l'enfant. Tout le monde est surpris d'entendre chanter. D'ailleurs, selon les statistiques compilées de l'époque, c'est la première fois que quelqu'un chante.

Toutefois, Lucie, une jolie jeune fille (d'environ dix ans), écoute particulièrement cette mélodie. Elle est si émue qu'elle ne peut s'empêcher de sortir pour voir ce qu'elle entend. Assise sur une branche de baobab, rapidement un peu plus chaque jour. Si bien, qu'un bon matin, il leur serait plus facile de sauter par-dessus la paroi que de retourner dans le tunnel. Mais, ce matin-là, justement, le grand Chef, ses acolytes et les garde-manger, entourent la fausse fosse en regardant d'un œil réprobateur les mines confuses d'un lot de pauvres zigotos qui vont bientôt se faire dévorer.

— Y'a pas de quoi en faire un plat! dit Garçon avant d'être empoigné par les oreilles.

À la suite de quelques sévères reproches pour leur manque de collaboration, les belligérants sont enfermés individuellement dans des huttes bien gardées. Tant d'efforts réduits à néant!

Mais, Garçon n'a pas abandonné. Il fait le raisonnement suivant:

— Je suis prisonnier ici dans le but d'être engraissé et cuisiné... si par contre je reste maigre, je serai écarté du menu. C'est si simple qu'il aurait dû y avoir pensé il y a plusieurs paragraphes.

Il se laisse alors gagner par une soudaine anorexie. Il rejette toute la nourriture, démontrant qu'il est devenu trop capricieux pour manger ce qu'on lui offre. Il préfère mourir de faim que mourir pour la faim des autres. Ayant compris le stratagème, les

Garçon ne trouve pas ça amusant.

○

Voilà cinq jours qu'il est là, inactif, forcé de manger tout ce qu'on lui présente et sans en laisser une miette. On n'aime pas les plats trop maigres dans la région. Il a bien essayé de leur expliquer à quel point il manquait de goût, mais rien à faire, ils ne comprennent pas son langage.

Il leur dirait qu'il est plein de cholestérol, avarié, sans bon sang et «passé date». Mais, de toute façon, ils font la sourde oreille, ils n'entendent que les gazouillis de leur estomac. Il doit pourtant y avoir une solution, Garçon a une histoire à poursuivre, on perd du temps et des pages.

Discrètement, avec ses compagnons d'infortune, Garçon commence à creuser un genre de tunnel à travers une paroi de la fosse. Prenant soin de cacher l'entrée avec quelques branchages durant le jour, chaque nuit, on pénètre davantage vers la liberté. La terre enlevée est étendue au fond de la fosse.

Ils y mettent tant d'ardeur, et ça se comprend, que le plancher remonte secours. Les hommes s'approchent sans se presser en souriant. Ils détachent le piège brutalement et ficellent la victime à une branche qu'ils appuient sur leur épaule pour le transporter à leur campement. Il est ensuite précipité dans une fosse avec quelques autres malencontreux piétons.

— Bonjour! Vous venez souvent ici? demande poliment Garçon.

— Ici, c'est le genre d'endroit où on ne revient jamais, répond sèchement un des colocataires.

— Effectivement, j'ai remarqué que l'accueil n'était pas très chaleureux dans ce patelin.

— Ne t'en fais pas, on va beaucoup t'apprécier.

— Pourquoi ces gens nous gardent-ils ainsi prisonniers?

— Tu ne sembles pas avoir compris que tu es tombé dans une communauté composée exclusivement de cuisiniers; et la spécialité du chef est le «croque-monsieur».

— Mais moi, c'est différent. Je ne suis pas encore un monsieur, je n'ai que dix ans!

— Est-ce qu'ils ont souri lorsque nos hôtes t'ont trouvé dans la forêt?

— Oui, c'est vrai!

— Bon, ben alors, tu seras un amuse-gueule.

fier. L'enfant s'avance un peu plus pour mieux le voir. Il accélère le pas, l'oiseau quitte son champ de vision. De grands chênes le cachent, il doit faire vite. Attention, la forêt est remplie d'arbres. Essoufflé, épuisé, Garçon n'arrête pas de le suivre. Il saute par-dessus les embûches, les arbres morts, les grosses pierres, les ruisseaux et un ours endormi. Il essaie de garder un œil sur Bébelle le plus longtemps possible. Il trébuche, se relève et reprend sa course avec plus d'ardeur.

Soudain, il met le pied dans un nœud coulant et le voilà emporté, perché comme un saucisson, au bout d'une branche d'un vieux pin parasol. Il est pris au piège. Il n'a pas l'air très, très intelligent. Les bras croisés, la tête vers le bas, il attend qu'il se passe quelque chose. Il est inutile de crier puisqu'il s'est trop éloigné du village en courant derrière l'ombre de Bébelle.

Au bout d'un court instant, qui paraît une éternité pour le pendu, des craquements se font entendre dans le bosquet. Trois curieux personnages apparaissent à l'horizon, mais à l'envers pour Garçon. Ils ressemblent aux gens du village, excepté qu'ils ont d'énormes sourcils, un menton carré et des crocs mignons.

Aussitôt, le malencontreux piéton de la forêt se met à se débattre et à leur demander

8

Toute bonne chose
a une faim
(vieux proverbe cannibale)

La routine manger-dormir-manger a fait place à un programme presque intéressant. Plus besoin d'être enfermé, menu varié, nombreux loisirs, cajolé par une jolie fille... Mais, c'est pas une vie ça, en tout cas, pas celle de Garçon. La liberté a ses exigences et il a bien l'intention de les faire connaître. Ses projets d'avenir ne sont pas limités à faire le beau ou à sauter dans un anneau en feu.

Garçon entreprend de faire une sorte de grève de la faim, exactement comme l'a fait

Boule, l'écureuil. Il reste inactif dans son coin, il n'est plus enthousiaste, il refuse même de manger des banana-splits et n'obéit pas aux commandements malgré les réprimandes.

Après quelques jours de jeûne, aucune réaction de la part de Lucie. La manœuvre a sans doute été pressentie. Sauf que, ruse ou pas, Garçon est de moins en moins alerte. Il est souvent étourdi, le moindre effort l'épuise et il s'endort pendant les joutes de base-ball (jouées avec une massue et une crotte séchée de mammouth). Mais le plus dramatique, c'est qu'il a totalement cessé de chanter. C'est une véritable catastrophe, surtout qu'il n'y a aucune possibilité de remboursement.

Avant qu'il ne soit trop tard pour Garçon, et comme il est devenu beaucoup trop maigre pour le système de l'entonnoir, il est temps pour Lucie de prendre une grave décision.

Très tôt en matinée, la rosée a lavé toute la verdure de la forêt. Les animaux nocturnes retournent se coucher pendant que l'équipe de jour prend la relève. Des nuages orangés soulignent l'horizon et signalent l'arrivée du soleil. Tout est si calme, on croirait que l'univers entier fait du yoga.

Au village, les anthropophages repus du banquet de la veille, dorment encore lorsque Lucie, les joues lustrées de chagrin, descend vers la vallée. Elle est accompagnée de

Garçon, visiblement tendu et nerveux. Il espère, il est presque convaincu maintenant, qu'il sera épargné.

Les deux amis se reposent un instant près d'une petite rivière, où le reflet n'est troublé que par les larmes de Lucie. Celle qui avait sauvé Garçon, en quelque sorte, d'une mort terrible alors qu'il était pratiquement cuit, s'apprête à franchir la dernière étape de sa libération.

Elle lui raconte quelque chose de triste et sincère. Il écoute attentivement, même s'il ne connaît pas son langage, il la comprend parfaitement. Lentement, elle dénoue le lien, laisse tomber la corde et baisse les yeux pour éviter de voir s'enfuir Garçon.

Mais voilà, Garçon ne s'enfuit pas, enfin, pas tout de suite. Il attend qu'elle relève la tête et lui sourit tendrement, le regard plein de compassion. De ses deux mains, il tasse l'herbe sous les bouleaux. Ensuite, il pointe du doigt d'abord elle puis lui comme pour indiquer que, désormais, cet endroit leur appartenait à tous les deux exclusivement.

Pour la première fois, ils se sont compris.

Le cœur gros, Lucie le regarde courir. Il est parti sans laisser d'adresse.

Garçon semble miraculeusement avoir retrouvé des forces. Il fonce droit devant lui, assuré qu'il finira par reconnaître quelque chose qui lui indiquera le chemin du retour à la maison. Plusieurs heures plus tard, il n'a toujours pas identifié l'endroit où il est. Il n'est même pas certain d'être quelque part. Tous les arbres se ressemblent lorsque la fatigue nous aveugle.

Désemparé, il s'effondre à l'orée d'un bois. Après tout ce qu'il a vécu, il ne va tout de même pas abandonner maintenant. Avec une fin pareille, personne ne voudra acheter ce livre.

— CROARRR! CROARRR!

Qu'est-ce que c'est que ce tintamarre? Garçon relève la tête. Ses yeux cherchent vers le ciel ce que ses oreilles pensent avoir identifié. Mais oui, il le voit, il l'avait bien reconnu. C'est Bébelle, son corbeau qui s'amène vers lui. Il a même l'air content de le revoir, mais comme les becs d'oiseau ne peuvent sourire, il se contente de sautiller sur place autour de Garçon.

Le jeune moribond ne retient pas ses émotions pour accueillir son ami qu'il croyait perdu et peut-être ainsi retrouver son chemin qu'il sait perdu.

— J'ai réussi! J'ai vraiment réussi à domestiquer un animal!

Garçon caresse avec précaution les plumes du cou de Bébelle. Son sourire devient tout à coup sérieux.

— Ne crains rien Bébelle, jamais je ne te mettrai dans une cage, même dorée. Nous sommes faits pour les misères et les joies de la liberté.

Péniblement, mais revigoré, l'enfant se remet à marcher en suivant le vol de l'oiseau. En traversant la plaine qui mène à son village, il croit apercevoir au loin l'enseigne lumineuse d'un Burger King, ce qui lui donne l'impression d'avoir marché plus longtemps qu'il ne l'avait estimé; mais heureusement, ce n'est qu'un mirage.

Enfin, arrivé à la maison, tout a changé. Sa mère n'est plus assise à la même place et son père est debout maintenant. Quant à Fille, sa sœur, elle est restée la même et continue de se promener avec son panier et ses champignons.

— Tiens! Te voilà fiston! On avait cru que tu n'étais pas là, dit nonchalamment le père.

— Mon Garçon, mon pauvre Garçon. Que t'est-il arrivé? dit la mère évidemment.

— Oh, rien de très grave maman. Des cannibales m'ont trouvé à leur goût et ils m'ont kidnappé.

— «Kid» nappé?

— Mais je suis tombé dans l'œil, ou plutôt, dans l'oreille d'une jolie demoiselle qui m'a... euh, disons...

— Quoi, qu'est-ce qu'elle t'a fait?

— Bien, je crois qu'elle m'a domestiqué.

Son père, complètement atterré, laisse échapper un long soupir.

— Ça ressemble au mariage mon fils, tu as bien fait de t'enfuir.

Et la mère lui redonne un autre de ses célèbres coups de coude dans la bedaine.

○

On décide d'organiser des festivités pour célébrer le retour de Garçon. Car c'est une première, l'usage voulait qu'on ne revienne jamais d'une visite chez les «canines emballées», comme on se plaît à les nommer ici. L'oncle artiste a eu la charge de tout planifier, aidé du sorcier pour les effets spéciaux. On a même descendu le vieux sage qui a failli en faire une crise cardiaque, alors on l'a ramené sur sa falaise.

Tout le monde semble très content, même si la plupart n'ont jamais entendu parlé de Garçon, et encore moins qu'il était perdu. Quelle importance, puisque cette histoire a l'air de bien se terminer.

Aplès un ron peras et un bong rebos tien périmé..... Oups! Il y avait trop de cervoise à cette soirée. Euhh... Après un bon repas et un long repos bien mérité, Garçon retourne, un instant dans la forêt. Tel que prévu, Bébelle est là, qui se balade entre les cimes des arbres jusqu'à la clairière où son jeune ami s'est allongé en toute quiétude.

9

Oh! la jolie conclusion!

Certains jours où le vent est doux, la belle Lucie retourne sur les lieux de la tragique séparation. Elle se souvient du message gestuel que Garçon lui avait laissé sous les bouleaux. Parfois, elle y trouve un bouquet d'hibiscus, ou alors, un panier de fruits exotiques, ou encore, une collection de jolies petites pierres multicolores (rubis, émeraudes, saphirs et autres babioles).

Une fois, elle y a découvert un chapeau. Fait de fibres de palmier finement tissées, orné de quatorze pingouins en relief brodés à la main. Pour les yeux, des perles étaient collées avec du jus d'escargot; et sous le chapeau il y avait: Garçon.

Aussi surprise qu'étonnée, Lucie resta bouche bée. Garçon savait qu'il courait un grand danger, au grand jour, si près d'une civilisation à risques, mais il voulait la rencontrer une dernière fois. La regarder le regarder.

Ils sont restés là, sans bouger et sans parler; comme s'ils avaient un trou de mémoire, pourtant, ils n'avaient rien oublié. Il lui devait la vie, elle lui devait des excuses (pour l'avoir mis en laisse entre autres choses). Il aurait voulu l'emmener avec lui, elle aurait souhaité l'emmener avec elle, mais tous deux savaient qu'ils appartenaient à des mondes si différents qu'ils n'ont pas insisté.

Cette fois, c'est elle qui part la première, en emportant le chapeau.

○

Comme le dit souvent sa mère, seule la forêt a réussi à domestiquer Garçon. Il y passe effectivement le plus clair de son temps quand il n'est pas à l'école, ou à faire des livraisons pour son père charpentier, ou à aider sa mère à étirer des peaux, ou à exécuter toutes autres tâches connexes qu'il doit faire lorsqu'il n'est pas dans la forêt.

Un jour qu'il s'est encore aventuré trop loin, Garçon entend un son mystérieux. Il lui semble que quelqu'un ou quelque chose gratte le sol derrière un taillis. Il s'approche prudemment. Le bruit s'arrête, puis reprend. Au moment d'apercevoir la cause de son interrogation, un animal à plumes jaillit en secouant violemment les ailes et en poussant un cri terrifié.

Curieusement, ce qui semble être un oiseau ne vole pas et court rapidement en zigzag vers une crevasse qui coupe la colline. En le suivant, Garçon découvre un sentier qui le mène tout droit sur un promontoire d'où une vision irréelle s'offre à lui.

Protégée au milieu d'un ancien cratère recyclé en campagne, une scène unique s'étend devant Garçon. L'espèce de volatile retourne auprès de ses copines qui sursautent d'excitation. De drôles de buffles, à cornes redressées, ruminent, l'air de rien. De grands zèbres, dénudés de leurs rayures, galopent dans un enclos. De gros sangliers roses et ronds se vautrent dans la boue et des mouflons sans cornes à fourrure frisée mastiquent du trèfle à profusion.

Mais le plus stupéfiant, c'est que, parmi eux, comme si c'était tout naturel, un humain reste là, debout, accompagné d'un loup aux allures bonasses. Derrière tout ce ramassis digne de l'arche de Noé, une petite habitation laisse échapper une douce odeur de pain d'avoine et de raisin.

En toute candeur, Garçon s'avance vers l'habitant qui le regarde en grimaçant. Il a le soleil dans les yeux.

— Qu'est-ce qui se passe ici? demande Garçon impressionné.

— Oh, oh! Attends! C'est pas comme ça qu'il faut faire. D'abord, bonjour.

— Eh oui, bonjour.

— Ça va?

— Oui, bien sûr, et vous?

— Oh moi? Très bien, merci.

— Quel est cet endroit au juste?

— Ben, c'est chez moi, pourquoi?

— Comment avez-vous fait pour que tous ces animaux restent ici, chez vous, sans penser à fuir. Ils mangent docilement comme s'ils étaient entre amis?

— C'est pourtant simple, mon garçon.

— Vous connaissez mon nom!

— Euh, non, pourquoi?

— Pour rien, continuez.

— Le truc n'est pas compliqué du tout, il s'agissait d'y penser.

— Oui, dites, qu'est-ce que c'est?

— Si j'ai bien compris, je crois que je les ai domestiqués. Voilà ce que j'ai fait.

— Mais comment avez-vous fait?

— Alors là, je n'en ai aucune idée.

Et le bonhomme reprend son chemin, un bâton sous le bras, en bourrant sa pipe, suivi de son loup.

Près de lui, une des bêtes frisées s'est approchée, le regarde un instant et fait: BÊÊÊÊÊÊ!

— Ah! la ferme! dit Garçon, un peu frustré de ne pas savoir où il avait abouti.

— Eh, MONSIEUR! Ne partez pas, j'aimerais vous parler de mon corbeau. Et si je peux avoir un peu de votre pain aux raisins, je promets de vous donner ce livre dès sa parution.

L'homme se retourne, subjugué:

— Mais, comment sais-tu mon nom?

○

La légende prétend que Garçon vit encore aujourd'hui. Il serait assis au bout d'une falaise, au sommet d'une lointaine montagne. Ceux qui réussissent à l'atteindre et à lui poser des questions, en reviennent très perplexes.

Mais ça, vous n'êtes pas obligés de le croire.

DANIEL

LAVERDURE

Je suis vraiment Daniel Laverdure, un vrai auteur.

Toutefois, mes histoires sont inventées, bien que certains éléments réalistes se glissent à travers la fiction.

Cependant, l'imagination est un aspect majeur de mes vrais romans, basés sur des émotions concrètes dans un contexte irréel.

J'avoue me reconnaître à l'intérieur de cette créativité confuse entre le rêve et la réalité.

C'est limpide.

Enfin, il me semble.

Lithographié au Canada
sur les presses de
Metrolitho inc. – Sherbrooke